견딜겁니다

사진을 담다
진서연 쓰고

답

차
례

작
가
의

말

나는 잘하고 있는 것일까?

결과는 안 보이고 이대로 계속해도 되는 것일까?

늘 헤매었습니다.

이 책은 제가 그토록 헤매던 시절, 혼란스럽다가도 또 마음을 다잡고 전진해 나간 전투일지(?) 같은 글입니다. 유약하지만 다시 강건하게 투쟁하듯 살아내려 쏟아냈던 날 것 같은 전투일기를 보시고 모두 다 이렇게 치열하게 견뎌내는구나. 하다 보면 알이 깨어지고 날개를 펼치는구나.라고 공감하시면서 읽어 내려가시면 좋을 것 같습니다.

아무도 없었습니다.

도와줄 스승도, 선배도, 가족도, 돈도 아무것도 없고 아무것도 모르겠고 방향은 맞는 건지도 잘하고 있는 건지도... 열심히 공부해서 사법고시에 붙는 거라면 이를 악물고 매일 밤이라도 셀 텐데...

제가 하는 일은 열심히 한다고 잘한다고 할 수 있는 일이 아닙니다. 그 작품에 딱 맞는 캐릭터가 그 순간 120% 준비가 되어있어야 했고 오디션이나 미팅을 보게 될 기회가 생기면 출연료와는 상관없이 일단 하고 봐야 하는 게 신인 시절 늘 겪던, 하루하루 심장이 조여오는 기다림의 연속이었습니다. 운동을 잘한다고, 공부를 잘한다고, 연기를 잘한다고 되는 게 아닌 것이 사람을 더 미치게 했습니다.

나는 준비가 됐는데 엉뚱한 준비였을 수도 있고, 액션을 연마했는데 영원히 제게는 총 한 자루 쥐어지지 않는 역할만 할 수도 있습니다.
이 세상의 모든 인간군상을 관찰하고, 디테일을 찾고, 내 것으로 만들어도 그걸 실제로 표현할 기회가 주어지는 것은 거의 로또에 가까웠습니다.

그래서 역설적으로 진짜 미치게 좋아서 하는 일이 아니라면 도저히 할 수가 없는 그런 일을 하고 있습니다.

그러니 근면 성실과 무너지지 않은 루틴, 건강한 몸과 마음은 언제나 전투적으로 준비가 되어있어야 했습니다. 하루하루가 고통스러웠습니다.

그러다 원리를 깨닫기 시작했습니다.
제가 어떤 일을 할 때 성취감이 아주 높았던 것들은 보통 "이것보다 더할 수 없어. 다시 돌아가도 이거 이상은 못 해"라고 했던 일들이거나 또는 너무 힘들어서 매일 울면서 했던 기억의 일들이었습니다.

우리는 언제 불안하고 우울하냐면요.
내가 충분히 준비하지 못했을 때 못할까 봐, 성공하지 못할까 봐. 그러나 충분히 준비되어 있고 이보다 더할 수 없을 정도로 연습했다면 불안하지 않아요.
이미 스스로가 나를 인정해 주었기 때문에 결과는 상관없게 됩니다.

견딘다는 건 결국 결과에 따라 승패가 결정되는 것이

아닌 과정 중에 내가 얼마나 치열하게 했는가? 과정 중에 내가 매일 승리했는가가 나의 불안과 자존감을 이겨버립니다.

맞아요.
무척 힘들고 견딜 수 없을 만큼 힘이 듭니다.
그런데 오늘 하루,
눈 뜨고 있을 힘이 있다는 건 다시 한번 생각해 봐야 할 나의 오늘입니다.
안 치열했고 안 괴로웠고 나를 깨부수는 일이 하나도 없던 하루는 하루, 일주일, 한 달, 일 년... 나를 더 불안하고 초조하게 만들 뿐입니다.

과정 안에서 승리하시길 바랍니다.
매일매일을 견디시기를 바랍니다.
우리는 롤모델이 필요합니다.
무언가를 놓고 그곳을 향해서 나아가고 싶습니다.
내가 아닌 다른 누군가를 쫓지 마십시오.

5년 후의 나를 영웅으로 삼고 내일의 나를 이기기 위
해 사십시오.

나를 이기면 자존감이 미친 듯이 올라갑니다.

오늘을 견뎌냈다면 당신은 이미 당신의 영웅입니다.

제주에서 진서연 드림

결정해야 하고
감내해야 하고
이겨내야 한다

오늘도 살아보는 거다

#01

나는 봄도 질투할 만큼
만개한 꽃이 될 것이다

방향을 잘못 잡은
잘못된 믿음의 길은
돌아올 수도 없이 멀리 가버려
길을 잃게 한다

당신이 옳다고 생각하는
당신의 믿음은
처음부터 방향을 잘못 잡았다

헤매지 말고
다시
처음부터 시작하면 된다

누구에게나 힘든 시기가 있다

결정해야 하고
감내해야 하고
이겨내야 한다

고통스러운 순간들을
고통이 없는 것처럼 지나칠 순 없다

그 심약한 시간을 어떻게 이겨낼 것인가?

오늘도 살아보는 거다

다들 몸무게가 불어서 슬픈 게 아니라
마음이 다쳐서 슬펐던 거네

나를 돌볼 겨를 없이 살아온 세월이
나를 다치게 했네

후회

살면서 이 단어는 안 쓸 줄 알았다

시간을 돌릴 수만 있다면
피 한 방울까지 뽑아
다시 시작하고 싶다

지울 수 없는 후회를
나는 꽃으로 피울 것이다
똥물 뒤집어썼다고
이대로 절대 주저앉지 않을 것이다

나는 봄도 질투할 만큼 만개한 꽃이 될 것이다

이미 시작되었다

나는 아무것도 아니기에

무엇이든 될 수 있다

사람이 바닥을 치면
소리 없는 미소가 지어진다

올라갈 일만 남았기 때문이야

나는 잘 해내지 못하는 게
훨씬 많습니다

그렇다고
내 가치가 덜 하다고 생각하며
살지도 않습니다

너무 슬펐지
너무 힘들었지

널 위로해
널 아껴
넌 이 세상에서 가장 소중해

나도
한 번쯤은

나를
보살펴주면 좋겠어

내가 모르는 내 상처가 있다

너무 아파서 숨겨놨던
너무 아파 기억에서 지워버린
내게 일어난 일이 아닌 것처럼
스스로 최면 걸고 사는 나의 상처들
대부분 내가 아끼던 것
내가 사랑하던 누군가로부터 받은 상처

이제 꺼내서 안아주자
이제 꺼내서 보내주자
이제 털어내자

그러기 위해 담대함과 용기를 양옆에 두자
가능하다

아무도 나의 시간을 정할 수 없다
나는 나의 박자대로 살아갈 테다
나는 늦지도 빠르지도 않다
내 시간 안에서 살아가고 있다

동정도 시기도 하지 마라

너는 너로서 살아가고
나는 나로서 살아갈 테다

차분하게 바람이 분다
내 마음이 그러한가 보다

순간순간 마음이 엉킬 때가 있다
차분히 앉아 풀어주면 될 일이다

나를 가만히 들여다보면
나를 가만히 기다려 주면
나를 가만히 토닥여주면

처음부터 다시 배우는 기분이다
알 만큼 안다고 생각한 것이 오만이고
혼돈의 시작이다

다시 시작하면 돼
내가 원래 어떤 사람이었는지
그게 내 발목을 잡아

원래는 원래 없으니까

예쁘다
예쁘다
해줘

잘한다
잘한다
해줘

난 잘 믿으니까

모든 건 꿈꾸는 대로 이루어지고 현실이 된다
소름 끼치도록 정확한 좌표대로 움직인다

어떻게 이게 가능한지는 모르겠으나
원하면 이루어진다
이상하고 이해할 수 없는 방법으로
시작되고 결론지어진다
실은 지나고 나야 비로소 겪고 깨닫게 된다
또는 깨닫지 못하고 내가 원한 삶이 아니라 부정한다

잘 생각해 보면 "그것"에 에너지를 썼고
때가 언제일지는 모르지만
결국 그 에너지는 가동이 되고 현실이 된다

늘 그랬다
그 단순한 원리를 이제야 조금 눈치채가고 있다

모든 걸 내가 끌어당겼다
좋든 싫든 끌어당긴 것에 대해
우리는 무한한 책임을 져야 한다

조심해라

너는 무엇이 될지 어디로 갈지

어떤 삶을 살지 정할 "결정권자"다

책임지고 살아내라

좋은 에너지를 주는 사람으로 살아라

성실할 것
근면할 것
묵묵히 하나씩 해나갈 것
가장 지루하고 어렵고
성과 없어 보이지만
가장 강력하고 정확한 길

대부분이 안 하지만
몇몇 미련한 사람들이 하는 방법

그 몇몇만이 성공한다

넌 누구처럼 살고 싶어?

난 나처럼 살고 나처럼 될 거야

나는 내 엄마가 될 거야
내 자식처럼 날 돌볼 거야
그러니 뭐 이제 난리 났지 뭐

나는 나를 위해 살려고

무례함에 관하여
왈가왈부하고 싶지도 않고

나 바빠
그래서 그냥 나를 위해 살게

험담하는 사람과 멀리하세요
듣는 것도 피곤해요

밝고 긍정적인 에너지를 나누세요
당신을 떠올리면
좋은 기분이 들 테니까요

험담과 불평은
습관이에요

하고 싶고

되고 싶고

안 지치고

더 할 수 있게 되고

스스로 통제할 수 있게 된다

약간의 행복과

약간의 지침

약간의 슬픔과

약간의 박탈감

오늘 하루가 48시간이면

참 좋겠다고 생각을 했다

예전엔 하루하루가

진공관처럼 멈춰있었는데

뭔가 달라졌다

막 내가 뭐가 될 것 같은 신호 같다

리모컨이 내 손안에 있다

누가 나를 오해하면
그냥 피식 웃어버려요
계속 오해하게

그렇게 믿고 싶은 걸 테니
그러라고 하세요

뭐 어때

보이지 않는 것의 힘을 믿어 보세요
보이는 것 말고 더 중요한 것들은
얼마든지 많아요

그중 목소리, 말투는 그 사람을
오래 기억하게 해요

천천히 예쁘게 바르게 말해 보세요
나도 상대도 존중받는 기분이 들 거예요

내가 나를 기분 좋게 해주는 게
참 중요해요

매 순간 열심히 살 필요는 없다고 생각해요
그럼 난 언제 쉬나요?

열심히 하고 싶은 순간
책임을 져야 하는 것들 빼곤
헐렁이처럼 살고 싶어요
그래야 내가 행복해할 테니까요

내 인생 내가 나를 위해 살아주지 않으면
그걸 누가 해주나요?

사실상,

"룰"이라는 건 처음부터 없었다

그러니 눈치 보지 말고 살아

내일도 모르겠다
변화무쌍해서
정신을 똑바로 차려야 산다

살자

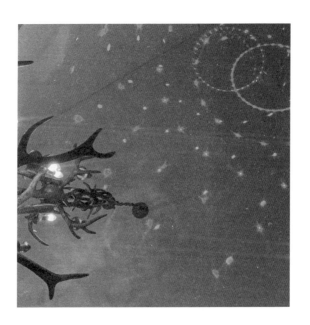

모두가 가는 길을 선택하지 않을 때
일반적인 생각을 안 할 때
사람들이 미쳤다고 할 때
허무맹랑한 꿈이라고 할 때

그때 '꿈'을 이룰 수 있다

그들은 당신을 모른다

슬프고 화가 날 땐
운동만 한 게 없다

몸이 부서질 거 같아지면
숨이 좀 쉬어진다

집에 틀어박혀 울지 말고
술 마시지 말고 운동해라

잘 알지 못하지만
좋은 벗을 알아차리면
가슴이 벅차오른다

퍼즐을 맞추듯 대화를 나누다 보면
하나하나 조각이 맞아 들어간다

가끔 같은 생각이 나서 눈이 마주치면
2초간의 정적 후에 웃음을 참아야만 한다

슬픈 생각을 해야 한다
잘 알지 못하지만
내가 너의 벗이 되어 줄게

참 좋다

실로 오랜만에 누려보는 자발적 격리
모든 게 감사하고 모든 게 빠르게 흘러간다

일분일초가 아까워
서서 흘러가는 모든 것을 관찰한다

모든 것을 느끼며 사랑한다

지금의 현재를 사랑하며
흘러가는 지금을 사랑한다

오늘, 지금에 머무르는 연습을 했다

현재를 사는 것
지금 이 순간에 머무르는 것
지금 최선을 다해보는 것
지금 집중을 하는 것

"툭"하고 내려놔졌다
욕심을 내려놓으니
편안해졌다

애쓰지 않고
그저

"툭"

인간은 무의식의 세계가 얼마나 광활한지
잘 인식하지 못합니다

내 기분이 좋고 나쁜 이유를 찾지 못한다면
해답은 무의식에 있습니다

그래서 나 자신을 아는 일이
세상 어떤 일보다 중요하다 믿습니다

나를 알면 사는 게 조금은 더 수월한 것 같습니다

더 많은 사람을 위로하다 가야지
더 많이 할 수 있는 일을 해야지
나만 말고 당신들도 돌아보며 살아야지
꼭 선량한 마음으로 살아야지
왜 사는지 잊지 않아야지
항상 감사하고 고마워해야지

문득 선량한 마음으로 베푼 친절이
내게 비수로 다가올 때가 있지만
나를 돌보지 않고 나를 어르지 않으면
내가 참 많이 다친다

나는 이런 내가 강한 줄 알지만
그런 일을 겪고 나면 오랜 시간 참 아프다

안타깝고 그 시간이 속상해서

살면서 우리는

가끔 잘못된 걸 알면서도 선택을 한다

이유는

내가 선택한 것에 대한 타당성을 찾기 위해서이다

또는 자기 확신이다

잘못된 선택임에도

나에 대한 자신감으로 선택하기도 한다.

나는 해결할 수 있고

내 선택이 맞을 수도 있다는 자신감

내가 부러지지 않고

다치지 않을 수 있다는 믿음

뭐가 옳은지 그른지 모르겠다

허나

나는 안다

끝을 보기 전엔 먼저 놓지 않을 거라는 것

스스로에게 희망이라는 것을 주고 싶은
본인에게 보내는 격려와 위로다

별이 참 많다.

여긴 특히 별이 빛난다

밤이 숨죽이며 반짝반짝 빛나며 웅크리고 있다

밤의 내조 덕분이다

오직 별과 바람뿐인 이곳은 생각을 환기해 준다

참 좋다

우물 속에 빠진 하루살이 같더니

건져놓으니 한 마리 나비처럼

빛나게 아름답다.

훨훨 날 줄도 알고 웃을 줄도 안다

수많은 별 중에 내가 여기 태어나

여기 이렇게 있구나

모래만큼 많은 별 중에

내가 여기 태어났구나

먼지보다 작은 내가, 우리가

너무 잘난 척하며 힘주고 살았구나

사는 동안 머리로 이해하기보다
가슴으로 이해하는 게 빨랐고
그러다 보니 계산하며 살지 않았다

온 정성을 들여도 안 되는 게 사람이다
한 발짝 떨어져 보면 아주 명확하게 잘 보인다

나답지 못해 빛을 잃어갔구나
많이 아팠겠구나

가만히 나를 지켜본다
점점 강력한 에너지가 느껴진다
나는 결국 나를 지켜낼 힘이 있다
나는 결국 본래의 나로 돌아간다

여러 개의 잎사귀를 가진 네가
어느 날 갑자기 많이 아팠어
이유 없이 죽어버릴까봐 많이 초조했어

그러나 며칠 후 너는 잔가지들을 다 떨어낸 후
몇 개의 강인한 잎사귀에 더 힘을 실어
의기양양 힘주고 서 있는 걸 봤어
심지어 새순도 여기저기 자라는 거 같더라

너무나 신기하고 대단하다는 생각을 했어
그걸 보면서 아! 나보다 낫다
네가 나보다 더 강인하다는 생각이 들었어

나였으면 저렇게 아파하다 결국 죽었을 텐데
너는 네가 강인하게 살아남을 걸 믿어줬구나

대단해서 보고 또 보고
만져보고, 진짜인지 재차 확인했어
너는 전에 보지 못한 강인함과
빛을 발하고 있었고 너무 아름다웠어

난 그런 네가 부러워 마냥 바라봐
그러다 다짐을 하기도 해

나도 강해질 거야
이겨낼 수 있어
이 고통스러운 순간이 지나면 더 빛나고
더 강해져서 아름다울 거야 하고
그렇게 다짐을 수백 번을 해

그런데 나는
여전히 두렵고 내가 할 수 없을 것만 같아
나는 나를 믿어주지 못하고 있어
한 번도 빛나고 강해져 본 적이 없어서
사실 엄두도 못 내고 있어
내 살 같은 잔가지를 쳐내는걸
할 수 없을 것만 같아

그렇지만 오늘도 다짐해
할 수 있을 거라고
빛나고 아름다운 큰 나무가 될 거라고

적당히 행복하고
적당히 불행하다

이번에 짐을 싸면서
운동화 하나
구두 하나
편한 트레이닝복

고민할 거리를 없애버리니
이리도 단출하다

좋다

뭘 사지 않게 되면서
모든 게 달라졌다

쇼핑하며 시간을 허비하지 않고
검색하며 시간을 허비하지 않고
치장하고 누군가를 만나지 않게 되고
나 자신에게 더 다가갈 시간과 여유가 많아진다

점심때 엄마가 해주신

오징어 콩나물 볶음을 쌈에 싸 먹었다

웃으며 소소한 얘기 중 엄마가 그랬다

"그땐 엄마 죽고 없지."

.

.

.

못 들은 척했다

어쩌죠?

요즘 별일 없이 살아서 쓸 게 없어요

매일 행복하고 감사해서

끄적일 게 없어요

별걱정이 다 생겼어요

좋다

하긴

"나 너무 슬프고 우울해"
"슬프지 마, 안 슬프면 돼"
라고, 말했던 사람

울다가 딸꾹질이 나왔던
그날이 생각난다

나의 슬기로운 결혼 생활
적당히 빡세자

"이 세상에 노력 없이 잘 지내는 건 잊을 수 없어요.

잘 지내고 있다면
누군가는 당신을 아끼기 때문에
고통을 감내하는 거니까"

안녕,

나의 그대

나의 나여

02

너를 사랑한 게 아니라
너를 사랑하는 내 마음에
미쳐버린 것일지도 모른다

가슴이 철렁 내려앉는다는 게 이런 거구나

미안해
대신 아파주지 못해서

싫은

누군가 때문에
내가 가장 좋아하는 것을
보고 듣고 느끼는 것을
스스로 포기하는 건
정말이지
바보 같은 짓이다

너 때문에
내가 그럴 일은 없어

만나서 슬픈 건지

헤어져서 기쁜 건지

안녕,

나의 그대

나의 나여

내가 네가 되고
네가 내가 되려는 시도는
끊임없는 집중력과 지구력이 필요해

이 모든 걸 가능케 하는 것은
결정적으로
사랑이 필요하지

사랑이 없으면 그"시도"를 안 하게 되거든

세상에 당신과 나만 존재하는 것처럼
모든 게 처음인 것처럼
처음 맛보고
처음 놀라운 광경을 보고
처음 느껴보고
처음 노래를 불러보고
모든 게 처음 경험하듯
모든 게 놀랍도록
모든 게 감사하도록

이러다가

또
모든 게 다 지겨워진 눈을 하더라도
내 사랑에 후회 없이 맘껏 하기
내일은 없을 세상인 것처럼

여자가 사랑받으면 예뻐진단 말

아니고

여자는 사랑에 빠져있을 때 가장 이뻐

"용기가 많아서가 아니라
겁이 많아서 간 거야"

떠나간 애인을 잡기 위해 12시간을 간 그에게
용기나 겁쟁이의 모습보다
진실한 절실함을 봤다.

늦은 나이임에도 열정적으로 말씀하신다

"사랑해서 결혼하는 거다.
결혼해야 해서 사랑하는 게 아니다."

평소에 밥만 먹어도

신생아처럼 잘도 자는 내가

망했다

.

.

.

네가 없다니

살면서
죽을 것처럼 열심히 해본 게 뭐냐고 묻는다면
다시는 그렇게 못할 한 가지가 있다

그렇게 열심히 한 데는 살기 위해서였다
나는 그렇게 하지 않으면 죽을 것 같았고
그렇게 해야 살 수 있었다

그건 바로 사랑이라는 것인데
나 말고 다른 생명체를 그토록 열망하여
잠을 안 자도 먹지 못해도
계속할 수 있을 것 같았다

나는 사랑을 그토록 죽을 것처럼 했다
내가 가진 사랑을 피 한 방울까지 뽑아줬다

다시는 못할 짓

사랑을 지키는 것과 비교하면
사랑에 빠지는 것은 쉽다

연애는 나와 상대에 대해
배워가는 과정이기 때문에
생각지도 못했던
어려움이 닥쳐오기도 하고
나를 바꾸는 노력도 필요하고
한 번도 느껴보지 못한
어려운 감정들도 맞닥뜨리게 된다

끝이 어떤 모양이든
끝까지 최선을 다해야 하는 이유는
상대에 대한 배려이자 기본 매너이기도 하지만

결국은
그 사람을 만나 특별한 관계를 갖기로 결정한
나 자신을 향한 존중 때문이다

너는 늘 당연했어

당연히 볼 수 있었고
당연히 그 자리에 있었고
당연히 날 기다리고
당연히 나만 사랑하고
당연함이 숨 막히게 하고
당연한 네가 없는 게 화가 나고

다시 당연한 너를 만들어 제자리에 세워두고
다시 당연해진 너를 당연해하고

그래서
내 이름은 "당연해"야

근데 나 사실 이름이 따로 있거든

앓고 있음을 있는 그대로 받아들인다

우리는 사랑을 이겨 낼 수 없다
이길 수 있는 무언가가 아니다
앓고 있고 격리됨을 인지하고 받아들이는 것이다

사랑은 시간이 필요하고 꽤 오랜 앓음을 통해
자기만의 망상으로 승화시킨다

사랑은 언제나 정상적일 수 없고
언제나 오류가 발생한다

이것은 많이 해봤고 안 해봤고의 차이로
오류의 간격을 좁힐 수 있는 감정은 아니다
언제나 그 오류와 저림은 매번 겪게 되는 것이고
그것은 선택당하는 것이다

사랑은 뒤에서 날아온 화살이다
내가 원한다고 서로 사랑에 빠지는 것이 아니다
사랑은 끝이 나도 촉을 품은 채 살아가고

그래서 함께해왔던 것들이 떠오를 때마다
그 부분이 아리고 아픈 것이다

사랑의 확신을 단 한 번도
의심한 적은 없었다

다만 사랑의 모양이 변화하는 과정은 쉽지 않았고
사랑 안에서 소용돌이치는 그 형태를
이해하고 받아들이기까지는
꽤나 고통스러운 순간들임은 분명했다

이제 와 조금 이해하는 부분은
사랑은 함께 헤쳐 나갈 의지가
있는가의 문제다

우리의 목적이 같은가?

사랑을 하면 육감이 발휘되는 것이 아니라
그의 미묘한 변화마저 감지가 되는 것이다

바보들

담담히 등을 쓸어내려 주는 것

배를 동그랗게 문질러 주는 것

이마를 쓸어 올려주는 것

양손에 볼을 잡고 뽀뽀해 주는 것

길 가다 생각나 초콜릿 한 상자 사 오는 것

길 가다 생각나 머리핀 하나 사 오는 것

길 가다 생각나 장미꽃 하나 사 오는 것

먹다가 생각나 떡볶이 일 인분만 포장해 오는 것

먹다가 생각나 달달한 빵 몇 개 사 오는 것

자기가 좋아하는 아이스크림을

내가 좋아할 거라고 믿고

잔뜩 사 오는 것

그냥 그렇게 소소한 것

우리

견디는 것인가?

버티는 것인가?

나는 그에게 왜 이리

지독한 사랑을 퍼부어대는가?

사랑하는 나의 나여

바스락거리는 땅을 밟고
나무 향 가득한 숲을 걷고
쏟아지는 볕을 쬐며
바스락바스락
아침을 걷고 싶다

따뜻한 손깍지를 끼고
도란도란 숨소리를 들으며
한 걸음 한 걸음 함께 걷는 것

따뜻한 율무차를 호호 불며
나눠 마시는 것

볕을 쬐다 잠이 드는 것
따뜻한 담요를 덮어주는 것

그저 늘 항상 곁을 지켜주는 것
그저 그런 것

아름다운 이별이 있긴 한 걸까?

내 엄마는 할아버지가 돌아가셨을 때
관 위로 뛰어 내려가 서럽게 울부짖으며
덮이는 흙을 파헤쳤고

내 친구는 어린 딸을 보내는 마지막 길에
색동저고리를 붙잡고 울부짖었으며
한 손으로도 들 수 있는 그 작은 관을 붙잡고
놓아주지 않았다

중학교 때 죽은 내 친구 영정사진을 보며
눈물 한 방울 흘릴 수 없던 나는
일 년 뒤, 사무치는 사실에 해일처럼 밀려오는
슬픔을 토해내야 했다

살아있는 사람은 처참하다
사랑은 고통이다
날 버린 사람을 찾아가 울며불며 매달리는 연인아
쓰레기 같은 짓을 하고도 뻔뻔한 나의 연인아

내가 모르는 모습을 하는 나의 사랑아
온갖 거짓과 가짜가 난무하는 그대들아
사랑에 목숨을 바치는 어리석음들아
죽을 때까지도 진실을 모를 나의 나여
더 많이 사랑한 너는 처참하다

이런데도
아름답다, 찬란했노라 하겠는가?

살을 에는 고통과 숨막힘, 그리고 분노가 있다
나를 원망하여 아프고
너를 원망하여 아프고
세상을 원망하여 아프다

절대로 세상은 공평하지 않다
애초에 그런 거지 같은 문구는 만들지 말았어야한다

아름다운 이별이라니

우리가 정말 잘 지내고 있는 거니?

나의 그 처절했던 어제가
오늘 아무 일 없었던 듯
산뜻한 오늘의 우리가 됐어

너는 모를 테지….

키스

많이 해둬야 할 것 중 하나
곧 할 일이 없어진다

나 안 해본 게 없는 것 같다
당신을 위해서 당신을 사랑하니까

그러다 내가 없어져 감을 알아차리고
다시 일어설 힘이 없어짐을 알아차리는 순간
함께 걷는 걸 더 이상 할 수 없겠구나

알았다
사랑하는 것과 함께 할 수 없음은 다른 얘기다

내가 아파서
당신이 날 돌보지 않음을 알기에

나 자신을 스스로 돌봐 왔으나
당신과 함께라면
나는 분명 사라질 것이
분명한 사실임에도

뭉그적뭉그적
당신 옆에서 떠나지 못하고 있었네

사랑이 좋은 걸까?

사랑은 선물 같은 게 아니다
내가 해주고 싶을 때 온 정성을 다해 준비해
잠깐 너의 행복한 표정을 보기 위한
선물 따위가 아니다

그저 묵묵히
그 사람을 안정감 있게 해주는 것

묵묵히
내가 당신 곁에 늘 있다는 신뢰

묵묵히
아침 점심 저녁을 차려주는 것

"그저 묵묵히"가 얼마나 위대한 것인지
알지 못하는 자는 사랑 같은 거 하지 말길

받지도 말길

단 한 번도 자신의 요구를 말하지 않는 사람
단 한 번도 공주처럼 떠받들지 않는 사람
단 한 번도 일으켜주지 않는 사람
강인한 독립심과 자아가 강철 같은
세상은 혼자 힘으로 살아야 한다고
보여주는 사람

어쩌면 나는 너무 나약해서
어쩌면 이런 강한 사람이 필요했나 보다
나의 요구를 거절할 줄 알고
기대지 않게 하고 스스로 살아갈 수 있게
외로움과 슬픔이 그리 나쁘지 않다는걸
알려준 사람

외롭고 슬프게 하는 사람인데
나는 이 사람이 필요하다

나는 당신을 열렬히 사랑하기에
상처받기를 선택하겠습니다

너는 내게 아무것도 아니기에
나를 도저히 헤칠 수 없습니다

당신과 너는
하늘과 땅끝 차이

사랑하는 것, 사랑받는 것은
서로가 서로를 나, 본인보다
더 아끼고 위하는 마음이다

의도한 것이 아니라
반사적이고 즉각적인 반응이다

내 몸과 같이
내 마음과 같이
그럼에도 상대의 마음을
못 읽을 때가 종종 있다

그럴 땐 그저
꼬옥 안아주며
더 사랑하리라 속삭여주면
얼었던 마음이 사르르 녹아버린다

이 짧은 생애
사랑을 주기도 짧다
미워할 겨를이 없다

곁에 있는 순간순간이
얼마나 소중한 순간들인지
잊지 않으려 애쓰며 산다
별것도 아닌 순간들에
화내며 싸우는 순간조차 아까워
좋은 기억을 자꾸 꺼내어 본다

인간이라
인간처럼 옹졸해지고 화가 날 때도 있다
그러나 시간이 흐르고
내가 사랑하던 것들이 사라지는 순간
가슴이 울컥한다

살아있음에 감사하고
또 살아있어 줌에 감사한다면
미움도 분노도 무심함도 전부
안타까운 시간으로 기억될 것이다

얼마 전 키우던 식물이 죽었다
내 방식대로 너무 많은 사랑을 줬다가
또 너무 무심함으로 방치했다가

그에게 필요한 건
단지 한 달에 한 번,
물을 주고 사랑의 눈길을 받고 싶을 뿐이었다

내 방식의 사랑이 다 맞는 것이 아니라
그의 방식에 맞춰야 하는 것이 사랑이 아닐까?

보살펴주는 것

가만히 들어주는 것

손해를 봐도 상관없는 것

충분히 기대도 되는 것

힘든 걸 내가 하는 편이 더 나은 것

미쳐 날뛰어도 잠잠히 옆에 있어 주는 것

이 세상이 다 져버려도

돌아서지 않는 것

그게

사랑이라는 거야

오늘 하루
딱 24시간만 아파하기로 했다

너에 대한 깊은 애정과
내 존재의 소중함 때문에
딱 24시간만 아파하고
널 미워하기로 했다

그 이상은 너무 애정이 넘쳐
딱 이만큼만 절절히 토해내 줄게

늘 목이 말라
너를 보면 목이 말라

사랑이 채워지지 않는데
언제나 틀면 쏟아지는 수돗물도 아니고
내가 가서 사 먹는 물병인데

언제 공급이 막힐지 아무도 몰라
그 막연함이 숨이 막혀

이 세상 모든 사랑은
반응하고 생각합니다

생각하고 반응하는 건
다른 걸 생각했나 봅니다

널 생각하면 뭔가가 되고 싶어

널 생각하면 뭔가가 아쉬워

널 생각하면 뭔가가 서글퍼

널 생각하면 끝이 안 보여

널 생각하면 생각이 멈추질 않아

널 그만 생각해야겠단 생각을 계속해

멈춰지지 않아

미친 듯이 사랑에 관한 낭만을 얘기해

내가 혼자 버려진 아이처럼 어려움에 부닥쳤을 때
당신은 손잡아 주지 않아

왜 그럴까 생각해봐도
당신이 내게 왜 그러는지 알 수가 없어
나한테 에너질 쓰고 싶지 않아서?
또는 사랑을 주는 법을 몰라서?

두 번째 이유라면 알려주고 버틸 수 있을 거 같아

내게 질문하지 않는 당신이 야속하고
내게 스스로 말하지 않는 당신이 멀게 느껴져
나의 얘기를 들어주지도 않으면서
타이밍 맞춰 말하지 않음을 탓해
다신 이런 기분 느끼지 말아야지 했는데
난 또 외톨이가 된 기분을 느껴

나는 내 감정을
적어도 가장 가까운 사랑하는 사람에게조차
말할 수 있게 해주지 않음이 서글퍼

내가 내 감정에 관해 얘기할 때마다
받아들여지지 않았고
위로는커녕 내팽개침과 비난을 받았어

그래서 더 아무 일도 없는
동화에 나오는 애처럼 할 수밖에 없었던 것 같아
당신에게 피드백을 받은 적이 없는 것 같아

나 당신과 가까워지고 싶어
한 번도 열어본 적이 없을 수도 있겠지만
마음을 열고 당신과 내가
아무런 벽 없이 모든 걸 공유할 수 있다면
외롭지 않을 거 같아

너무너무 외롭고 슬플 때가 많은데
당신은 내게
귀 막고, 눈 감고, 입 닫고, 팔짱 끼고 있는 것 같아
그게 견딜 수 없이 혼자인 것만 같아

당신이 나타난 건 신기루일 테고

내가 이렇게 막 쏟아내고
알 수 없는 이유로 비난당한다고 생각할 것 같다

그런 거 아니고

날 좀 들여다봐 줘
내 얘기 좀 들어줘
그리고 널 보여줘

난 당신의 잘남을 결코 사랑하는 게 아니기에

네가 없는 하루는 지옥이야.

왜 고통이 익숙해지지 않는 거야

왜 굳은살이 베이지 않는 거야

왜 네가 없었던 삶이 익숙해지지 않는 거야

속이 타서 역류하는 고통을 느껴

함께하지 못할 바에야 숨 쉴 이유를 찾지 못하겠어

왜 사랑은 축복이자 고통인 거야

왜 그 미련한 짓을 스스로 계속하는 거야

온몸에 기운이 다 빠져서

아무것도 할 수 없는 이 지경을 왜 자처하는 거야

왜 미련하고 불안전한 두 사람이 함께하려는 걸까?

왜 이 고통이 끝나지 않는 거야

바보 같은 것들이 또 바보처럼 싸우고 있어

서로 사랑하면서 밀어내면 밀려나고

다가가면 멀어져

너의 모든 걸 품을 건데 품지 말래

너의 추함, 악함, 비참함마저 사랑하는데

예쁜 태양만 보래
너의 달도 바람도
뜨거운 태양도 함께 하고 싶은데
기분 좋은 가을바람만 보래

나는 널 다 느끼고 싶은데
비바람도 맞고 폭우도 견디며
그 자리에 있고 싶은데
내 뿌리를 파내
나를 양지바른 곳으로만 자꾸 옮겨 심어놔
따뜻한 태양만 바라보게 말이야

날 내버려 둬
너의 존재 자체를 사랑해
있는 그대로를 느끼고 싶어
날 옮겨 심지 마

그러다 죽을 거야.
내가 어떤지 왜 궁금해하지 않아?

달라지는 건 아무것도 없다

난 단지 안정감을 찾고 싶을 뿐인데
내부에서 찾지 않고 외부에서
그것도 너를 통해서만 찾으려고 했다

그렇지 않길 무던히도 애썼지만 잘 안되었다.
나는 너를 사랑하고 있는 내 마음을 너무 사랑하여
죽어버릴 것만 같았다

내가 너를 사랑한 게 아니라
너를 사랑하는 내 마음에 미쳐버린 것일지도 모른다

내 마음을 몸들 바 모르니 맞는듯하다

나는 미쳐버릴 것 같은 내 마음을 사랑했다.
그러다 곧 죽을 것 같은 사실을 알아버렸고
죽고 싶지는 않았나 보다

나는 정말 다 관두고 싶다

멈추고 정지하고 감정을 도려내고 싶다
아무것도 하고 싶지 않다
진공상태인 채로 나를 두고 싶다

제발
지긋지긋하다

너의 얼굴이 너무 궁금하여 등을 돌렸다
창문에 비친 너의 몸뚱이를
현미경으로 관찰하듯 들여다본다
너 역시 나의 얼굴이 보고 싶어
등을 돌려버린 것을 나는 안다

우리는 서로의 창문을 통해
서로를 기웃거린다
주책맞게 창문에 서리가 내려앉아
점점 더 보이지 않는다
우리의 갈구가 뜨거워질수록
우리는 더더욱 흐릿하게만 지켜보고 있다

숨이 막혀버릴 지경이다.
작은 바스락거림도 너무 큰 울림이 되는 순간이다

너와 나는 줄지어 걷는다
길이 좁은 탓도 있지만 나란히 걸을 수도 없다
우린 아무 사이도 아니므로
앞서가는 너의 뒤통수를 본다

손이 시리다
그만 가자
이제 네가 나의 뒤통수를 본다
너의 손이 갈 길을 잃었다
나는 안다
너의 소리

나의 소리가 무척 시끄럽다
다시 우린 나란히 앞 유리를 본다

강이다
깜깜한데 얄궂게 시계가 번쩍인다
그럴 때마다 너의 그림자가 보인다

다행이다
고개를 돌려 널 볼 수 없었는데
너도 다행이지

우리 어쩌지...

세상엔 노력해도 안 되는 게 있어

사랑하지 않는 걸 잘할 수는 없어

나의 단조로운 매일의 삶 속에
당신만 있으면
그걸로 완전해

별일 없이 산다

신뢰를 잃으면 서로 괴롭습니다
공든 탑은 쌓기 어렵고 오래 걸리지만
무너지는 것은 한순간입니다

신뢰가 무너진 것이 힘든 게 아니라
무너져있는 그 현상을 바라보는 시간이
견디기 힘든 것입니다

사실 다시 그 탑을 쌓기란
여간 힘든 게 아닐 수 없고
다시 절실히 쌓고 싶은가 하는
마음가짐이 가장 중요한데
대부분이 순간을 못 견디고
한 번 더 상처를 줍니다

절실하지 않으면
"다시"는
시도하지 마십시오

마지막이야
오늘이 우리의 마지막
영원히 그리워하며 영원히 마지막을 사는 거야
심호흡을 하고 우리의 마지막을 준비해

숨을 잘 쉬어야 해
잘못하다간 벅찬 너의 숨소리를 들을까
잘못하다간 무너지는 나의 숨소리를 들을까
오늘을 망치지 않으려면 우리 숨을 잘 쉬어야 해

오늘은 슬퍼지지 말자
오늘 기억으로 살아야 하잖아
나의 웃는 모습을 기억하게 하고 싶어
너의 웃는 모습을 기억하며 살고 싶어

어느 날은 그 웃는 모습이 가슴이 찢기도록 아플 테지
어느 날은 그 웃는 모습이 내 발목을 잡을 테지
어느 날은 그 웃음소리가
나를 하염없이 달리게 할 테지

달리고 달리면 내 숨소리에 묻혀
너의 웃음소리가 안 들릴 테니
어느 날은 작정하고 절절히 아파할 거야

그러니
오늘은 웃자
너의 기억 나의 기억으로 살아낸다는 것

그게 너야

슬퍼하지 마
슬프지 마
슬프게 하면 도망쳐

그러니 슬프지 마

#03

그래서 나는
나를 내버려 두기로 했다

감정에 집중한다
그렇게 살아왔고 다르게 사는 법은 어렵다

내 이럴 줄 알았다
비가 억수같이 온다
새벽부터 마음이 힘들었다

테러 상황 발발 전 고요하고 미치게 불안한데
남들은 날씨에 맞게 삭신이 쑤신다던데
나는 온 마음을 두들겨 맞는 기분이 든다

감정적으로 산다는 거
어찌 보면 어리숙해 보이고
단순 무식해 보일 수도 있다.
매번 이해 안 되고 힘든데 받아들이고 있다

퍽 나쁘진 않다.

인간은 얼마나 자유로울 수 있을까요?

인간들이 만들어 놓은
사회적인 규범이나 "도덕적"이란 의미들은
나를 위한 것일까요? 그들을 위한 것일까요?

자유라는 말 자체가
수많은 규칙을 지켜내기 위한
하나의 장치이지 않을까 하는 생각을 해봅니다

잘 모르겠지만
최소한 나는
나의 삶을 살고 싶습니다

청춘이란

나만
내가
가장 아프다고
착각하는 시기

실로 인생은 어지러움의 연속이다

누가 삶이 쉽다 하겠는가?
어렵다
벅차고 힘겹다
정신을 차리지 않으면
병에 걸린다

미치는 건 종이 한 장 차이다
미칠 것인가?
미치기 위한 조건을 인지할 것인가?

인지했다면
병에 걸리지 않게 고군분투해야 한다.
자, 무엇이 우리를 궁지로 모는 것인가?

아무것도 중요하지 않다
그래서 모든 게 중요하다

아무 의미가 없다
그래서 모든 게 의미 있다

귀에 걸면 귀걸이
코에 걸면 코걸이

현실을 봐
내가 잘 살고 있는지
참 맘에 드는지
원하던 모습인지

영 아닌 것 같아서 말이야

쓰레기를 주머니에 넣고
꼭 쥐고 있지 마

쓰레기는 쓰레기통에 넣어야지

빨리 안 버리면
네 몸에 구린내가 진동할 거야

이 세상 누구도
쓰레기에 의미를 부여하는 사람은
아마도 없을 거야

그치? 내 말이 맞지?

무엇이든 가능하다고 믿는 긍정 에너지가
반드시 좋다고 할 수는 없다

담을 수 있을 정도만 담고
덜어내고 비워내는 것이
나와 세상이 다치지 않는 방법이다

대부분 착각하는 한 가지
"당신은 내게 그럴 자격이 있는가?"이다

내게 '기댈 자격'이 있는가?
내게 '요구할 자격'이 있는가?
내게 '지적할 자격'이 있는가?

친구, 가족, 사랑하는 이들이
자신의 '권리로 착각'하는 것들

나는 약간 삐딱하게 본다
나는 약간 비스듬히 본다

남들이 다 예스라고 외칠 때
왜?
설마?
혹시?
하며 엉뚱한 질문을 한다

의심병인지 뭔지
남들이 착하고 좋고 최고라고 하면
약간 비스듬히 봐 본다
진짠지 가짠지 유심히 본다

다들 힘들어하는 사람을 편안하다고
느끼는 걸 보면 변태인가 싶기도 하고

소중한 것을 지킬 때는
그것을 지킬 힘과
고통을 견딜 인내가 필요하다

그 무게를 견딜 자인가?

아이들은 악한 마음을 품어 본들
너무 귀엽고 아름답다
악한 마음은 아무리 가리고 가려도
냄새가 진동한다
아이들은 본능적으로 안다
나를 이뻐하는지 적대시하는지

분명 너 자신은 알고 있다
누군가 덮어씌울 희생자가 필요할 뿐
가까이 가지 않으면 냄새도 안 날 테니

멀리 더 멀리 가는 게 상책이겠다

내가 누군지 알아야 하는 이유

인간은 관계 속에서 자신을 보는 경향이 있다
산속에 혼자 살면 화장할 이유도
옷을 살 이유도
돈을 벌 이유도
성공할 이유도 생기지 않는다
누구와 경쟁하고 누구에게 인정받는단 말인가?

결국
사회화된 채 살아가야 하고 잘 살고 싶어 한다
그러기 위해선 관계에서 오는 소통을 잘해야 하는데
간혹 잘못하거나 어려워하는 사람들이 있다

이유는 나를 잘 모르기 때문이다
내가 누구고 뭘 좋아하고 뭘 싫어하는지
그리고 그것들을 왜 좋고 싫어하게 된 건지
한 번 더 들여다봐야 한다

그러면 막연하게 싫어했던 것과

아주 좋아했던 게 뒤바뀌게 되기도 하고

전부 부질없음을 느끼기도 한다

살다 보면 진짜 이상하고 별로인 사람들이 있다

그들 때문에 받는 스트레스는

가족, 직장, 연인에서부터 다양한데

대부분 내가 살아온 방식과 고정관념에

벗어났기 때문이다

틀린 게 아니라 다르다는 걸 인정하면 좀 편하다

절이 싫으면 중이 떠나면 될 것이지

길게 산 건 아니지만

옛 어른들 말씀 틀린 게 하나 없다

사람은 고쳐 쓰는 게 아니다

내가 충분히 감수하고 안아줄 그릇이라면 모를까

못 담을 것들로부터 넘치거나

부족하다 탓하지 마라

생긴 대로 사는 거고
절대 달라지지 않는다

바꿀 거면 나 자신을 개조하는 게
더 빠르며 이득이다

이제
멋져 볼까?
이제
결단을 내려볼까?

이 정도면
운명에 맡겨도 될 거야
절벽으로 엑셀을 끝까지 밟고 달리면
고꾸라지던지 반대편 절벽으로 내려앉던지
뭐, 둘 중 하나겠지

재수가 없다면 나뭇가지에 걸려
대롱 매달려있다가 곧 곤두박질치겠지

차에 핸들을 잡고 멍청하게 앉아있는 게
가장 바보짓일 거야
차는 달리라고 있는 거니까

나 하나도 통제 못 하는 사람은

이 세상 그 어떤 것도

통제할 수 없다

뭔가 실타래가 엉켜버린 오늘이다

나는 무엇을 실수했는가?
되짚어 본다

아무리 가까워도
무장을 해제하지 말아야 했나?
상대를 위한답시고 한 것이
사실 나를 위한 것인가?

아주 많이 아낀답시고
상처를 준 것일 수도 있다
아니면 모르는 사이
이미 내가 상처가 됐을지도

내 마음을 가만히 들여다보지 않으면
자신도 속이고 속을 때가 있다
언제나 해안을 가지고 살 순 없지 않은가?

어리석은 하루가 지나간다.

권리

의무를 다했을 때
주어지는 명예와 훈장 같은 것

아무나
어떤 위치에 누구라도
그 자격은 그 무거운 이름은
함부로
운운하지 마십시오

봄 여름 가을 겨울
이놈의 사계절을 다 타는 건
계절을 타는 게 아니라
모든 것을 예민하게 느낀다고 하는 것이 맞겠다

바람이 불고 햇볕이 내리쬐고
비가 오고 이불 같은 눈길을 걷고
이 모든 걸 받아들이는 것이
어떨 땐 벅찰 때도 있다

한 살 한 살 나이를 먹을수록
더 무뎌지고 단단해지리라 생각했다
그러나 반대로 표현력만 늘어
주저리주저리 더 표현할 수는 있게 됐다

이것이 더 좋다 나쁘다 할 순 없다
표현할 수 없을 정도로 벅차
눈물이 차오르던 때가
더 좋을 때도 있으니 말이다

오늘은 꿈을 꾸듯 길가에 차창 밖을 보며
문득 모든 게 낯설어 어리둥절했다
어둑어둑해지니
비가 눈물이 번지듯 내리고 있었다.
애달프게 아름다웠다
행복과 슬픔의 중간쯤이거나 모든 것이 뒤섞인 감정
자주 이렇게 느끼게 되는데 그럴 땐 몹시 차분해진다

오늘 만난, 스쳐 지나간 모든 사람과 사물이
아름답게 말을 거는 것 같았는데
"그래, 너 아름다워"라고 말할 기운이 없었다

너무도 차분해져서
아무 말도 할 수가 없는 상태였다
우울한 것과는 거리가 먼 다른 차분함이다

무중력 상태처럼

소리 없이 비가 내려

집 전체가 물에 잠긴 줄도 모르고

아무런 미동도 움직임도 숨결도

느낄 수 없는 지경에 이를 때가 있다

마치 오랜 기간 매 맞고 훈육되어

더 이상 저항할 힘도 의지도 전부 사라졌을 때이다

숨이 살랑살랑 이는 까만 밤

텅 빈 눈에 소리 없는 눈물이 주르륵 버려진다.

아무 희망 없는 눈은 이미 갈 길을 잃었고

몸은 육신이라 불리지만 내 것이 아니라 말한다

내 몸뚱이 따윈 어째도 상관없기 때문이다

스스로도 살아있는 것인지 이미 죽은 건지 모를

까만 밤이 여러 해를 지나간 듯

까만 밤 속에 더 까만 밤이

어쩌면 내게 더 편안함을 주기도 한다

손가락 끝을 까딱해보려 하지만

사실 큰 의지가 없어 잘 움직여지지 않고

거대한 몸뚱이는 거추장스럽기까지 하다

얼굴 근육은 한 백 년쯤 안 움직여
아주 딱딱한 머드팩을 한 기분이 든다

모든 게 안 움직여지는데
살랑살랑 흉부 쪽의 숨결이 일렁이는 걸 보니
아직은 살아있나 보다

어느 날은 며칠 동안 정자세로 누워
시체처럼 계속 잠을 잔다
스스로 깨어날 이유를 찾지 못해
눈을 뜰 수도 일어날 수도 없다
도저히 이유가 생각나지 않아
해가 뜨고 지기를 며칠을 지낸다

"아무도 나를 찾아내지 못할 거야"
내가 이대로 죽어도 아무도 모를 테지?
부패해서 흉물스러운 모습으로 발견되고 싶진 않은데
아름다운 모습으로 기억되고 싶은데

영정사진은 뭐로 하지? 정해줄까?

벌떡 일어나 뭔가 해야 할 일이 분주한 애처럼

영정에 쓸 사진을 애써 고른다

앉아서 찾다가 일어나 돌아다니고

뭔가 바쁘게 해야 할 것처럼 엎치락뒤치락하며

논문발표를 앞둔 사람처럼 그 일에 열정을 쏟는다

이 사진은 너무 웃었어

안 돼 난 슬프단 말이야

이 사진은 너무 딥해

그럼, 별로 안 이쁜 모습을 기억하겠지?

이건 턱선이 별로야,

이건 너무 뚱뚱하게 나왔어

포토샵을 해볼까?

얼굴을 줄이고 키를 키우자

입고 있는 옷이 별로야

아, 골치 아파, 이러다 아침이 됐다

아 씨, 배고프다 일단 밥 먹자

냉장고를 뒤져 며칠을 못 먹은 거지처럼

거하게 폭풍 흡입을 한다

화가 난 듯 더 이상 여유가 없는 뱃속에
달콤한 과일과 아이스크림 또 주스까지 마신다
뭐 또 먹을 거 없나?

나의 먹는 행위는 먹고 싶어서가 아니라
텅텅 비어버린 공허함을 채우기 위해
계속 무언가를 욱여넣고 있었다
알아차리기엔 이미 늦어버렸고
알아차린 것에 순응하고 싶은 마음도
전혀 없다는 걸 나는 안다

그래서 나는 나를 내버려두기로 했다
그게 나를 위한 유일한 일 같았다
그러다 마른 오후에 슬리퍼를 신고
적적 걸어 나간다

눈이 부시게 쏟아지는 햇빛은
나를 따라다니는 스토커처럼
귀찮아 죽겠다 심지어 위협적이기도 하다

이마 사이 미간을 잔뜩 찌푸리며
한 손으로 얼굴을 가려본다

소용없다
욕이 목까지 올라와 하늘을 향해 엿을 날려본다.
걷다가 풉- 하고 웃음이 난다
태양이랑 싸우려 하다니

또 목말라 죽긴 싫어서
생수 한 병을 두 팔로 움켜쥐고
저벅저벅 걸어 들어온다

아무 소리도 나지 않는 일요일 오후 12시다

공기조차 안 느껴지는 진공상태의 내 방
생수병을 따 입에 갖다 대고 벌컥벌컥 마시며
뭔가 생명체가 있음을 온몸으로 알린다

캬아- 큰소리도 내보지만
소리는 흩어져 사라져 버렸다

아무도 없다 아무도
그런데 나는 여기 있다

조금씩 정신이 차려진다.
잘못도 없는 전화번호부를 뒤져보지만
만날 사람은 없다

좀 더 정확히는 만나고 싶은 사람이 없다
집을 대청소하고 침대 옆에 걸터앉아본다

아무도 없다
또 아무것도 할 게 없다
아 밤이다
또 까만 밤이다

여느 때처럼 또 자는 척하면 잠들 거야
자는 척해보자
깊게 잠든 아이처럼 처음부터 이불을 뒤척인 듯
베개도 삐딱하게 베고
팔다리도 아무렇게나 버려둔다

자는 척하면 잠이 들 거야

우걱우걱 입맛도 다시며 자는 척을 해본다

오늘도 무사히 지나갔다

휴우...

착하다"의 다른 말은

"네가 이해해 줘"

늘 그렇듯 나는 '착하다'라는 의미를
그리 좋아하지 않는다
착한 사람은 늘 착해야 맞고 자신의 주장 따윈 없다
늘 하자는 대로 하고 원하는 걸 해준다

어릴 때 "넌 참 착해"란 말이 뭘 의미하는지 몰랐다
엄마의 심부름을 하고
동생 밥을 차려주고
언니의 운동복을 빨고
아빠의 저녁 식사를 준비하고
일에 고단한 엄마를 안마해 드리고
항상 뭔가를 주기만 했다

그러다 보니
내가 원하는 게 뭔지 커서도 알 수가 없었다
그들이 원하고 행복해하는 것이 우선이었으니까

결국,
"나는 나의 삶을 사는 법을 모르는
바보가 되어버렸다."

내가 착해지지 않기로 하면서
나를 정면으로 보기 시작했으며
내 삶을 찾아가고 있다
"나는 이제 내 삶을 살고 있다."

누구나
자신을 정면으로 마주 보는 시간이 필요하다
그래야 아무도 원망하지 않고 살 수 있다

사실, 난 착한 사람이 아니었을 수도 있다

또 시작이다
타고난 천성은 안 바뀌듯
천덕꾸러기에게
넌 왜 그렇게 태어났느냐고 하면
뭐라고 하겠는가?

바뀔 수 없는 것에 대한 기대와 희망은
나를 갉아먹고 결국엔 파괴해 버린다

허무맹랑한 기대감을
하룻밤 꿈이라 하기엔 너무 생생하고
잡을 수 있을 것만 같아서 용트림을 한다

결국, 잡을 수 없는 꼬리물기이며
알 수 없는 웜홀이다
가까이하지 않는 것밖엔
달리 할 수 있는 게 없다

가슴이 짓이기는 느낌이 쉬지 않고 계속 이어진다
숨이 몰아쉬어지고 아랫배가 싸하게 계속 아프다

억눌린 슬픔은 기운조차 없어
내쉬기 어렵다
이젠 다 된 기분이다

살고자 하면 죽을 것이고
죽고자 하면 산다고 했는데
아무것도 할 수 없는 지경이다

제기랄

별로 어려울 필요가 없는 하루였다

세차하자마자 비가 온 것도
대수로울 필요가 없었고

파란불에 내 차를 쳐버린 그 차도
대수로운 것 없었다
그럴 수 있고 또 그럴 수 있으니까

근데 대수로운 것 없는 내 하루를 왜 망가트리니?

하루 종일 망가지기 싫어서
하루 종일 집중하지 않았는데

망했다
망가트린 내 하루

절대 내 심정을 모를 테지
그러니
내 눈을 보고 유유하고 뻔뻔하게 널 즐기지

절대 내 고통을 모를 테지
그러니
그리 순수한 얼굴을 하곤 했겠지

내 심정을 모를 테지
알면서 그런 거라면 진짜 미친 걸 테니

슬퍼하지 마
슬프지 마
슬프게 하면 도망쳐

그러니 슬프지 마

나를 잃어간다는 걸 인지한다는 것은
이미 깊은 수렁에 빠져
팔 한쪽만 걸치고 있다는 것이다

이제부터가 중요한데
힘이 다 빠져서
다시 기어 나올 수가 없다는 게 함정이다

사랑 받을 수 없는 이에게
계속해서 입을 벌려 퍼부어대는 것은
자신을 자해하는 것과 별반 다르지 않음을 안다

그것을 빨리 알았더라면
얼마나 좋았을까?
얼마나 좋을까?

소리 내어 엉엉 울고 싶지만
어른이라 그렇게 못한다

그러나 비가 쏟아져서 시끄러울 때나
차에서 음악을 크게 틀면
내 우는 소리가 잘 안 들려 할 만하다

어른들은
아무도 없을 때조차 체면을 차린다

무너져 내리는 모습을
스스로도 보기 힘들어한다

운이 좋으면 달리기를 할 때
소나기가 올 때가 있는데
그땐 호흡도 가쁘고
뺨 위로 흐르는 것이 비인지 눈물인지
나조차 속일 수 있다
가끔 울면 스스로 위로하려고
"울지 마!"라고 하는데

"하지 마! 위로"라고 말하고 싶어
한증막에서 나온 것처럼 얼마나 개운한데

그러나 어른이 되면
울고 싶을 때 장소와 데시벨과 날씨와
사전 준비할 것들이 많다

참 피곤하게 산다.

슬픔을 꺼내지 않는 건
아직 무너질 준비가 안 되어있기 때문이다

나를 위해 사는 시간은 여기까지

운명이란 게 있다면 숭고하게
받아들이기로 하자

이따금, 가을 태풍이 지나간 뒤
대기가 고요하고 깨끗이 비질 되어 있을때
정원을 거닐며 꺾인 가지들을 세어 본다

오직 버드나무만 변화가 없다.
나는 오랫동안 그 나무를 보며 감탄한다

유연함 때문에 살아남는 것이지만
언제나 아름다워 보이지만은 않는다

나의 여행은 상처로 얼룩져 있다
견딜 수 없어 뛰쳐나간 어린 마음이다
미칠 것 같은 강렬함을 희석한다

괴물 같은 내면을 볼 수 없어
시선을 밖으로 돌릴 수밖에 없는 절실함이다

나의 여행은 언제나 쓰레기 더미를 치우지 못해
내가 빠져나가 숨을 쉬는 피난소였다

나의 여행은 전혀 아름답지 않다
앞이 안 보일 나의 눈물이
결코 그곳이 아님을 증명해내지 못하므로
이곳이 이곳임을 증명하지 못하므로
무언가를 했고 어딘가를 왔다는 사실로
나를 피난시킬 뿐이다

사실,
이곳이나 그곳은 마찬가지다
지옥이다

다만 떠난 사실만이 나를 증명해 준다

다시 살 수도 있을 거라는 작은 희망 따위가
내 발끝을 살짝 잡고는 있는듯하니 말이다

아무런 감정이 들지 않는 건
나의 요동침이
나의 절규가
나의 고통을
멈췄기 때문이다

상대로 인한 고통과 절규는
복수로 이어질 수도 있으나
그러지 말아라
내가 다친다

나를 살리려면 모든 에너지를 끊어 내어라

그리고 일단 살아라
처음부터 아무것도 무엇도 아니었다

싫어하는 것 말고
좋아하는걸
자꾸 입 밖에 뱉어내야
좋아하는 게
내게 오지

불평했던 것들이 오면
내가 언제 불렀지? 왜?

맨날 부르니까 자꾸 오지
불행이

불온한 마음으로
두들겨 맞은 기분이다

지치고 지독하다
해도 해도 간격은 좁혀지지 않고
가도 가도 멀어진다

무참히 밟고 지나가는 당신을
나는 하염없이 바라본다

짓이겨진 마음들을 주워 모아
다시 당신께 보이며
웃어 보인다

난, 괜찮아요.

사람은 다 죽는다
동물도 식물도 죽는다
살아있다 믿는 것들은 다 죽는다
생의 시간은 각기 다르고
어떻게 죽을지도 각기 다르다

태어난 것도 죽는 것도 우리가 원할 때가 아니다
그렇다면 어떻게 있다가 가야 할까
스스로 묻자
어떻게 있다 갈래?
모든 건 결과보다 과정이 더 중요하다
그래서 어떻게가 중요하다

내가 생각하는 가장 바보 같은 말은
내가 나중에 다시 태어나면
조금만 있으면
원하는 걸 얻을 수 있을 거라는 착각들이다

그저 개미처럼 오늘을 지금을 산다
그래서 "내가" 중요하다

내가 지금 행복하지 않으면
내가 지금 최선을 다하지 않으면
내가 나로 살아가지 못한다면
나중은 없을지도 모른다

누가 알아
내일 내가 어떻게 될지 알고
그러니 제발 나중에란 말하지 마

후회해

진짜는 나만이 아는 거야
가슴에 손을 얹고 물어봐
나, 잘 살고 있냐?

진짜는
나는 알고 있잖아

가슴에 피를 토하는데
언제까지 그렇게 웃을 수 있나
함 지켜볼게
어디까지 잔인할지
내 지켜볼게

미치지 않고 말야

감히 아무것도 짐작도 예측할 수도 없을 땐
그저 숨소리도 내지 말고 있어

고통이 뭔지 알아?

그거
살아내는 게 용한 거야

분명히 살아있다

분명히 매일을 살고 있는데
느낌은 죽기 일보 직전이다

그 기분은 마치 나쁜 정체에 걸린 상태가
무한 반복되고 있다

내가 언제까지 버틸까?
초침이 얼마 남지 않은 기분이다

비교하며 사는 성격도 아닌데,
내가 어쩌다 이 지경이 됐는지
어처구니가 없고
대체 뭘 바라시고 내게 이러실까?
이해가 안 되고 이해할 힘도 없다

그냥 이제 좀 쉬고 싶다

결국,
다 내가 원한 거였어
해피엔딩은 아닐지라도

#04

나는 그녀를 구해야겠다

너무 아름다운 것의 이면에는
헛구역질이 올라오는 역겨움이 있기도 하다
반짝이는 별은 사실 이미 죽은 것이듯
눈부시게 아름다운 것은
동시에 생을 다한 것일 수도 있다

가만히 가만히 들여다볼 시간이 필요한 때이다
치열하게 사는 것이
누구를 위한 것인지 혼란스러울 때가 있다

사실 늘 혼란스럽다
세상에는 법칙과 규칙이 있다고 생각했었는데
머리를 꽝 얻어맞은 듯한 느낌을 받을 때가 있다

하늘을 하늘이라고 믿었던 사실이
내가 거꾸로 서 있었구나 하는 느낌
땅이 내 머리 위에 있는 게 당연한 사실처럼
진리라고 믿었던 것들에 대해 깊은 배신감과
박탈감을 느낄 때가 종종 있는데
이런 날은 가만히 머리를 비워 내야 한다

머릿속이 팽창되어
터져버릴 것 같은 전쟁 같은 봄날이다
눈은 아름답다고 말하고
머릿속은 계속 헛구역질을 해댄다

하얀 꽃잎을 지려밟아본다
곧바로 산화되듯 흑갈색의 추함을 드러낸다.
굳이 밟지 않아도 곧 검게 변색된다
사람도 꽃잎도 시간이 필요한 듯하다

서서히 아름답게 변하는 단풍은 기품이 있고
새하얀 꽃잎은 빛나도록 아름다우나
곧 진흙탕에 처박힌 들짐승 같다

누구에게나 아름답게 물들일 시간이 필요할 뿐이다.

"지금"이 지나가 버리면
모든 것은 지나간 기억의 조각이 되어버린다

어릴 때 어렴풋이 지금이 너무나 소중해서
그 모든 오감을 기억하려고 순간
아무것도 하지 못하고
멍하니 시선을 둥- 하고 두는 경우가 종종 있었다

그 순간들이 좋았다
꼭 꿈을 꾸는 기분과 비슷했기 때문에
종종 그랬던 것 같다

어릴 때 교실 문을 열고 들어간 후
같은 반 남자아이와 눈이 마주쳤다
그 순간 나는 눈이 부셔서 눈물이 났다
그 순간이 평생처럼 길게 느껴졌다

그렇지만 그 아이가 나의 관심 대상도 아니었고
그 후에도 지금도 아무런 감정이 없다

그러나 눈이 부시도록
아름다운 영혼을 본 기억이 지금도 생생하다

그 후에도 내가 왜 그런 감정을 느꼈는지 궁금해서
자주 그 아이와 눈을 마주쳤지만
그때의 강렬함은 없었다

좋아하지도 않는 아이를 빛나는 영혼 취급을 하다니
이해할 수 없어 오랫동안 많은 생각을 했다

내가 하는 생각들과 집중하고 있는 것들에 대한
모든 감각을 깊이 생각하길 좋아하는 것 같다

결론을 내기보다,
왜 그런 느낌을 느끼는지에 대한
감각에 대해 여전히 시선을 공중에 둥-
멍하니 현상에 집중하고 있다

같은 반 남자아이 때처럼 뭔가를 집중하고 있다면
나는 그것을

내 인생의 굴레에 들어온
소중한 것으로 간주할 것이며
그 느낌을 또 집중해,
또 하나의 자연 현상으로 간주할 것이다

강렬한 자연 현상은 시간이 흘러도
그때처럼 표현할 수 있다

"이모 친구가 나랑 더 이상 놀지 않을 거래.
어떡해?"
"이모가 가장 좋아하는 장난감을 줘"

그건 아이들에겐 모든 걸 다 주는 건데
그렇게 대답한다

"그래도 안 놀아 주면?"
"그럼 매일 가서 웃긴 표정을 보여줘.
그리고 꽉 껴안아"라고 한다

아이들은 자존심 같은 거 모른다.
본능적으로 모든 걸 주고 모든 걸 내려놓는다
그러나 포기하지 않는다

인생의 스승은 멀리 있지 않다

한곳에 꽃이 두 송이가 피려면
분명 하나는 시들게 되어있어

꽃은 혼자 빛나길 바라
꽃 옆에 가지 마세요
향기만 맡고 지나가세요

사소한 약속은

없어요

상대를 사소하게

생각한 것뿐이요

심연의 밑바닥엔 고독만이 있을까
과연 고독이 좋을까

외부로부터의 사랑과 관심이
활기의 원동력이었다면
이후의 단절은
가혹한 되새김질의 시간이 그 배만큼 필요하다

다 게워내면 다시 일어설 힘이 생길 테지만
그 미련한 짓을 우리는 하고 또 한다

과거의 상처를 지금의 사람에게 적용하는
미련한 짓을 이어 나가며
어리석은 사이클은 반복된다

누군가는 분명
그 쳇바퀴에서 내려와 자신을 스스로
가만히 바라봐야만 한다

지금 당신 옆엔 누가 있는가

그 사람은 아무 잘못도 없다
과거 과거 과거의 누군가 때문에
지금 그 사람에게 잿더미를 묻히지 말라

분명
어느 맑은 날 가슴을 후벼 파는 저림이 올 테니

결혼

왜 하고 싶으세요?
그 "왜"를 끊임없이
고민해야 합니다

그리고

"왜"를 상대에게
떠넘겨선 안 됩니다
스스로 책임져야 합니다

나를 모르면서
남과 살 순 없습니다

존중의 시간은 끝났다

호의를 호구로 읽다니

쯧

상대의 하루를 망치는 사람들이 있다
본인의 감정을 제어 못 하고 다 쏟아내는 사람

지나고 나면
감정적인 게 얼마나 어리숙했던가
창피함이 몰려온다
나중이라도 알면 다행이다

촌스러운 건 참아도 멍청한 건 못 참겠다

삼인칭 시점이 필요한 이유

말 안 하면 모르고
표현 안 하면 모른다

늘 옆에 있는
익숙한 것에 대한 소홀함
새로운 것에 대한 열망

누구라도 후회하는 인생이 가장 불쌍하다

그런 과오를 겪지 않기를
없어진 그 자리에
허망함을 느끼지 않기를 바란다

늘 있던 자리에 있을 거라 착각하는
어리석은 사람이 생기지 않길 바란다

내 부모가 그렇고
나를 열렬히 사랑주는 이가 그렇다

얼룩만 바라보는 바보가 되지 말길

불안한 마음들
집착하려는 마음들
왜 생겼겠니

잘 생각해 봐, 넌 알잖아

애써 모르는 척할 뿐이지
그런 마음들은 절대 그냥 생겨나지 않아

그런 바보 같은 소리 들으니 웃음이 나네

아이가 입에 사탕가루를 잔뜩 묻히고
안 먹었다고 짜증 내는 거 같잖아

밖에 있는 마음을
억지로 들여와 앉혀놔 봤자
밖에만 보고 있는걸

너무 애쓰지 말고, 다치지 말고
상처받았다 하지 마!

해봤잖아. 온 마음을 다해주는 것
그래, '적당히'가 안 되지
그렇지, 이건 '비즈니스'가 아니니까

손해봐도 행복한 거 거든
그런데 슬프지만 혼자 할 순 없어

마치 탁구 같아서 핑퐁이 안 되면
경기는 끝나버려

지난 상처는 피해의식을 낳고
지금의 관계를 끊임없이 의심하며
너와 나를 찌를 준비를 하며
실망할 구석을 발견하면
신기루의 산삼을 발견한 심마니처럼
심봤다를 외친다

봐! 내 그럴 줄 알았어!

그리곤 또 상처받았다 하겠지!

나쁜 사람들이 있다
자존감을 내동댕이쳐서 일을 그르치게 만드는
매우 의도가 불순한

그들의 의도에 장단을 맞추지 않으려면
깊은 호흡과 냉철한 판단력이 필요한데
이런 이들의 특징은 자존감을 무너트려
정신을 혼미하게 만드는 재주가 있다

항상 무슨 일이 닥쳤을 때
우리는 감정에 집중하지 말고
의도와 문제해결에 집중해야 한다

저급한 감정 장난에
놀아나지 말란 말이다

거지 같은 꿈을 꿨다.

한 사람을 둘로 찢어 가질 순 없는데

각자의 불행을 뱉어내면 네 것이 아닌 게 돼?
그만 불평해

그 불행, 네가 뱉은 침 같은 거야
닦아도 닦아도 미끄러진다

우리 산뜻하게 살자
뭐 있냐?

당신은 잘못한 것이 없습니다
그저 다른 것입니다
당신만의 루틴과 규칙대로 살아갈 뿐입니다

당신은 잘못한 게 없습니다
그저 세상이 정해놓은
규정이 맞지 않았을 뿐입니다

당신은 잘못한 게 없습니다.
그저 달라서 이해하지 않았을 뿐입니다

당신은 그저 당신의 방식대로 살고
당신의 방식대로 자유를 누렸을 뿐입니다

하지만, 그 방식과 자유로움을 이해하는 사람이
나는 아니었나 봅니다

당신은 잘못한 게 하나도 없는데
왜 나는 숨 쉴 힘도 없이 아플까요?

더욱 애처로운 사실은
당신은 나와 달라서
애처롭다는 단어조차
이해할 수 없다는 사실입니다

그래서 나는 슬퍼할 수도 없습니다

단위의 크기가, 서로의 다름이
얼마나 큰 상처가 되는지 절대 모를 테지

왜 나는 끊임없이 아픈 걸까?
왜 너는 나의 아픔을 못 보는 걸까?

아무리 뒤흔들어도 섞이지 않는 물과 기름 같아
아픈 건 설명하는 게 아니라 느끼는 거야

그래서 말할 수도 없어

불친절한 묵언은

화를 나게 하고

자책하게 했다가

박탈감을 느끼게 하며

관계에 관해 깊게 고민하게 한다

손톱 깊이 박힌 가시처럼

사는 내내 불편하고 싫다

기본적 예의를 안다면

최소한 물었을 때

이유라도 말해주는 게

예의 아닐까?

안 그럼 그동안의 우리 관계가

아무 의미가 없는 것처럼

돼버리잖아

쓸데없이

너희들,

아무리 행복한 척 올려도
아닌 거 다 안다

싫고좋고의 문제가 아니다
좋거나관심이 없거나

싫은 건 너무 애정 넘치잖아

진짜 화가 나는 이유는

네 말이

진짜일 것 같아서이다

슬픔을 대면하는 용기

이상하게 들릴지 모르겠지만
슬픔을 정면으로 대면하고
받아들이는 사람이 별로 없다.
거부하거나 인정하지 않으려 발버둥을 친다

슬픔을 담담히 받아내기란
꽤 오랜 시간의 고통과 인내가 필요하다.
그 안에서 담대히 버텨내기란
쉽지 않은 일임이 분명하다

미워하는 것도
증오하는 것도
저주하는 것도

할 수 있는 사람은 따로 있나 봐
아무것도 되질 않아

... 천성

언어는
가장 저급한 수단이다

언어가 생기기 이전에도
우리는 소통할 방법이
무한대로 많았다

이로써 우리는 상자에 갇혀버렸다

누구나 믿고 싶은 데로 믿는 게 문제야
믿으라고 한 적도 없는데 말이야
사실을 인지하려면 과거가 되어야만
선명하게 인지할 수 있게 돼

그게 또 문제야
비 온 뒤 아침처럼 청명해지려면
그 속에서 완전히 벗어났을 때라야 잘 보여

그게 또 문제야
그게 문제인 걸 알면서
그 속에 있으려고 해

그게 또 문제야
결국, 다 내가 원한 거였어
해피엔딩은 아닐지라도
내가 뭐라도 되는 양 우쭐대지만
사실 내가 없어도 다들 잘 살아가
그게 또 문제야

처음부터

아무것도 아무도 누구도 뭣도 아니야

다 착각이지

정답은 없다
그러나 정도를 바로잡고는 싶었다

신뢰
그것은 교감이 엉망이 아니라는
안정감을 준다

해보는 거다
사실, 다 부질없다 느끼지만
인간사를 살려면 회복하려는 시도는
상대와 나를 위한 열정이고 예의이다

점점 세상 뒤 너머로 숨어 들으려는
시도들이 느껴진다.
평범한 웃음들이 슬픔이,
아주 작은 모래알처럼 느껴진다

멀찌감치 떨어져 팔짱 끼고 있을 수도 있으나,
그러면 나는 여기에 속하지 못할 것 같다
다 재미없어지기 전에 아웅다웅 이란 걸

시도 해봐야겠다

웃으면 안 되는데

풉

성냥개비 하나가 있어
두 개도 아니고 하나
불을 붙이면 활활 타다가 끝인걸
본인이 누구보다 잘 알아

그래도 가장 소중한 순간이 오면
불을 확 붙여
온몸이 다 타버리도록
목숨을 바치지

이거 아닐까?
뭐든 목숨을 내놓을 정도로 절실하다는 것
꼭 다 버려야 소중한 걸 준다

꼭 그래
꼭 짠 것처럼

다름을 인정한 줄 알았다
다름을 받아들였다 믿었다

결국은 달랐다

절대 전부 알 수 없을 거야
목 끝까지 차오르는 슬픔은

감사합니다
진심입니다

이 감사함을 알기까지
엄청난 고통을 느꼈지만
현재도 진행 중입니다만
그래서 감사합니다

고통 없이 깨달으면 좋으련만
그런 건 없으니
어쩔 수 없지, 뭐
그래서 감사합니다

가끔은 안 깨닫고 싶어요
그만 하세요

진짜 내 맘 같지 않다고 말하고 보니
어쩜 이따위 멍청한 말이 있을까?

내 맘이 아니니까
그 사람 맘은 내 맘이 아니니까
내 맘 같을 수 없지
그 사람 맘인 거지

그래서 멍청하게
같지 않다고 울어버렸네

멍청하게
멍청하게

그녀는 바다에 빠졌다

발이 닿지 않아 허우적대다

겨우 헤엄쳐와 난간을 잡았다

여전히 발은 닿지 않았고

다시는 겁 없이 수영하리란 기대를 할 수가 없다

그녀는 몇 번의 죽을 고비를 넘겼고

이제 아무런 도구 없이는 바다 한가운데로

나아가지 못할 것이다

수영을 하지도 못하고 물도 무섭지만

자유롭게 수영하고 싶은 마음만은 간절하다

그러나 그 바닷속의 끝은 어딘지 알 수 없고

무엇이 들어있는지, 어떤 비밀이 있는지

그 심연의 끝은 알 수가 없다

그녀는 제발 쉬고 싶은 것이다

바위라도 만나 걸터앉아

당신의 아름다움을 그저 바라보고 싶을 뿐이다

침묵과 간과는 잔인한 폭력성을 담고 있어서

파도가 휘몰아치지 않는다고 해서

그녀를 살려두는 건 아니다

발이 닿지 않는 바다를 향해 발끝에 힘을 준다
그러나 그녀는 곧 죽을 것이다
그녀는 바다에서 힘을 빼고 수영하는 법을 몰랐다
바다 역시 그녀를 품을 생각이 없다
바다는 깊은 바닥에 수많은 비밀을 안고
수면 위로 꺼낼 생각이 없기 때문이다

사실
그녀가 바닷속으로 들어가
죽기를 바랄지도 모르겠다

나는 그녀를 구해야겠다

글을

마치며

작년 여름, 《무쇠소녀단》을 처음 시작했을 때, 나는 그저 '이 역할을 잘 해내자'라는 단순한 마음으로 시작했다. 하지만 촬영이 진행될수록, 하루하루가 고통스럽고 점점 복잡해지고, 나를 의심했다.

내가 설정한 그 인물은 내가 갖고 있지 않던 강한 의지와, 때로는 세상의 냉정함을 견뎌낼 수 있는 자강력을 요구했다. 나는 그 힘을 찾기 위해 끊임없이 나 자신을 마주했다. 그리고 그 과정에서 내면의 불안과 두려움을 하나씩 허물어가며, 점차 강해졌다.

배우로서, 그리고 한 사람으로서 내가 할 수 있는 일은 결국 내가 어떤 상황에서라도 나를 잃지 않고, 그 순간을 살아내는 것이다. 《무쇠소녀단》을 완주하면서 느낀 것은, 내가 예상한 것 이상으로 내가 내 안에 숨겨둔 힘을 발견했다는 것이다. 그 힘은 외부의 어떤 조건이나 상황이 아니라, 나 자신을 스스로 믿고 견딜 때 비로소 발견되는 것이었다. 끝내 내가 그 역할을 끝까지 해낼 수 있었던 건, 나를 떠나지 않고, 그 과정을 온전히 받아들이는 견디는 힘 덕분이었다."

당신도 분명 어떤 상황에서 힘든 순간을 겪고 있을 것이다. 나처럼, 혹은 그보다 더 깊은 고통 속에서.

하지만 기억하길 바란다. 우리가 아무리 어렵고, 절망적인 순간을 맞닥뜨리더라도, 그 안에서 우리는 무엇인가를 발견한다. 그것이 작은 희망이든, 강한 의지든, 혹은 내면의 힘이든. 그 힘을 믿고, 그 힘이 성장하는 과정을 놓치지 않는 것이 중요하다. 당신 안에도 분명히 그 힘이 숨어 있다. 그 힘을 찾기 위해서는 때때로 자신을 믿고, 다가오는 순간들을, 순간의 고통도 두려움 없이 견디는 견뎌내는 힘이 필요하다. 그 힘이 바로 당신을 그 길의 끝으로 이끌어줄 것이다.
　끝으로 〈무쇠 소녀단〉의 경험은 단순한 작품을 끝내는 것 이상의 의미를 지닙니다.

이 글은 일상의 어려움 속에서 자신을 믿고 견딘다는 것은 결국 자신을 성장시킨다는 사실을 말하고 싶었고 견디는 힘은 결국 '무언가를 끝내는 힘'이라기보다는 '그 과정을 살아내는 힘'임을 강조하고 싶었으며, 이를 통해 이 글을 읽는 독자들에게도 '당신만의 내면의 힘을 발견할 수 있다'라는 용기를 주고자 했습니다.

당신도 그 과정에서 하찮은 목표를 매일 완수해내며 느리지만 강력해지는 단단함을 느끼시길 바랍니다. 불안은 아무것도 하지 않기 때문에 엄습해옵니다.

불안하면 더 하면 됩니다.
그저 하면 됩니다.

진서연 드림

1판 1쇄	2025년 02월 24일
지은이	진서연
사진	진서연
펴낸곳	도서출판 답
기획	손현욱
마케팅	이충우
디자인	구본희 / NINEVON STUDIO
카드뉴스	정하늘
인터뷰어	정정현
출판등록	2010년 12월 8일 / 제 312-2010-000055호
전화	02. 324. 8220
팩스	02. 6944. 9077
ISBN	979-11-87229-85-8

이 도서의 국립중앙도서관 출판예정도서목록(CIP)은
서지정보 유통지원시스템 홈페이지(http://seoji.nl. go.kr)과
국가자료 종합목록 시스템(http://www.nl.go.kr/kolisnet)에서 이용하실 수 있습니다.